Resumen Express.com

Brujas

de Mona Chollet

GUÍA DE LECTURA

Escrita por Amandine Farges
Traducida por Juan Lopez

Brujas

de Mona Chollet

Entiende fácilmente la literatura con

Resumen
Express.com

www.ResumenExpress.com

MONA CHOLLET — 5

Escritora suiza — 5

BRUJAS — 6

Ensayo sobre la figura de la bruja, icono feminista — 6

RESUMEN — 8

Las brujas a través de los tiempos — 8
La independencia de las mujeres, un peligro — 9
Una mujer no es necesariamente una madre — 10
Romper el tabú de la vejez para las mujeres — 11
El feminismo como nueva relación con el mundo — 12

ILUMINACIÓN — 13

CLAVES DE LECTURA — 17

Figuras de la bruja — 17
Brujas, una voz para el empoderamiento — 20
Hacia el ecofeminismo — 22

IDEAS PARA REFLEXIONAR — 25

Algunas preguntas para profundizar en su reflexión... — 25

PARA IR MÁS LEJOS — 27

Edición de referencia — 27
Estudios de referencia — 27

MONA CHOLLET

ESCRITORA SUIZA

- **Nació en 1973, en Ginebra.**
- **Algunas de sus obras son:**
  - *Belleza fatal. Las nuevas caras de la alienación femenina* (2015)
  - *En casa. Una odisea del espacio doméstico* (2015)
  - *Reinventar el amor: Cómo el patriarcado sabotea las relaciones heterosexuales* (2021)

Nacida en Ginebra, de padre suizo y madre egipcia, Mona Chollet estudió literatura moderna e ingresó en la Escuela de Periodismo de Lille. Actualmente es periodista y redactora en Le Monde diplomatique. También dirige la web de crítica cultural *Périphéries*, en colaboración con Thomas Lemahieu.

Es autora de varios ensayos sobre la condición de la mujer, especialmente a través de los diversos mandatos que se le imponen: belleza, maternidad, matrimonio, etc.

Desde *Brujas. El poder inconquistable de las mujeres*, publicado en 2018, Mona Chollet es una de las feministas más leídas en Francia.

En 2021, su esperado nuevo ensayo, *Reinventar el amor: Cómo el patriarcado sabotea las relaciones heterosexuales*. Ganó el premio de ensayo Les Inrockuptibles.

BRUJAS

ENSAYO SOBRE LA FIGURA DE LA BRUJA, ICONO FEMINISTA

- **Género:** Ensayo

- **Edición de referencia:** *Sorcières. La puissance invaincue des femmes*, París, Éditions La Découverte, Zones, 2018, 240 páginas.

- **1ª edición:** 2018.

- **Temas:** Feminismo, patriarcado, maternidad, edadismo, pareja, ecofeminismo

En septiembre de 2018, es publicado por *Zones* de La Découverte, el ensayo *Brujas. El poder inconquistable de las mujeres.* En este ensayo, Mona Chollet establece un vínculo entre la caza de brujas que tuvo lugar durante el Renacimiento y las manifestaciones de misoginia hacia las "brujas" en la era moderna, ante la figura de la mujer independiente, la mujer sin hijos y la mujer anciana.

A través de un enfoque histórico, pero también de referencias modernas, incluso de la cultura pop, Mona Chollet analiza por qué las mujeres libres dan miedo y por qué medios la sociedad patriarcal siempre ha querido reprimirlas. Quienes se asemejan a las brujas promueven también una relación particular con el mundo.

Al distanciarse de la explotación de la naturaleza por el hombre, inventan el ecofeminismo.

Brujas. El poder inconquistable de las mujeres, un bestseller del que se han vendido 270.000 ejemplares, está traducido a 15 idiomas. Ha ganado el Prix de l'essai Psychologies-Fnac en 2019.

RESUMEN

Mona Chollet comienza su texto evocando la fascinación que la figura de la bruja ejerció sobre ella de niña y por qué razones: "A través de ella me vino la idea de que ser mujer podía significar un poder adicional, mientras que hasta entonces una impresión difusa me sugería más bien lo contrario" (p. 11).

LAS BRUJAS A TRAVÉS DE LOS TIEMPOS

En esta larga introducción de unas cuarenta páginas, el autor vuelve sobre las que han sido llamadas brujas a lo largo de los tiempos y, especialmente, sobre las cacerías de las que fueron objeto. Aunque, en el inconsciente colectivo, estas cacerías tuvieron lugar en la Edad Media, en realidad fue durante el Renacimiento cuando fueron más violentas y numerosas -pues se habla de un millón de víctimas. En aquella época, la misoginia era importante y cualquier mujer poderosa, por lo tanto, irreductible al papel que la sociedad quería asignarle. Una mujer era sospechosa de esconder un demonio en su interior, al "replicar a un vecino, hablar en voz alta, tener un carácter fuerte o una sexualidad demasiado libre, molestar de cualquier manera era suficiente para ponerte en peligro" (p. 17). Para alinear a estas mujeres libres se inventa la escenificación de sus tormentos.

Mucho más tarde, cuando en los años setenta se examinaron estos abusos, las feministas se definieron como las nietas de estas brujas, retomando el deseo de emancipación y los ataques contra ellas. Las preocupaciones ecológicas y la importancia concedida al mundo vivo también han propiciado la reaparición de la figura de la bruja como mujer que forma parte de un mundo aún no explotado por la racionalidad y el productivismo de los hombres.

Tomando la figura de la bruja como objeto de reflexión, Mona Chollet se interesa por quienes ocupan hoy el lugar de esta "mujer liberada de toda dominación, de toda limitación" (p. 11). En las cuatro partes de este libro, la ensayista pretende volver sobre las limitaciones sociales y políticas que pesan sobre las mujeres, ilustrando su punto de vista con ejemplos de autoras que encarnan la resistencia a estas prohibiciones, a través de figuras de combatientes frente a los obstáculos que aún se erigen ante el deseo de independencia de las mujeres.

LA INDEPENDENCIA DE LAS MUJERES, UN PELIGRO

Por ejemplo, aunque las viudas y las solteras constituyen el grueso de los acusados de brujería, aún hoy "la independencia de las mujeres, incluso cuando es legalmente posible, sigue siendo recibida con escepticismo general" (p. 35).

La bruja parece ser el único arquetipo femenino que se define a sí mismo sin recurrir a una pareja masculina. De la bruja de antaño a la burlona "señora de los gatos" de hoy sólo hay un paso. Sin embargo, una mujer que no se define a sí misma en relación con un hombre dominante es, de hecho, una mujer fuerte, como ilustra admirablemente la luminosa figura de Gloria Steinem.

UNA MUJER NO ES NECESARIAMENTE UNA MADRE

Por otra parte, la caza de brujas se basó en la criminalización de la anticoncepción y el aborto. Las brujas eran consideradas por todos como "antimadres". Esta desconfianza se refleja en nuestra sociedad actual a través de la desconfianza, incluso la desaprobación general, de las mujeres sin hijos. Las mujeres que se niegan a tener hijos se enfrentan así al prejuicio de que odian a los niños o de que sólo son egoístas sin corazón, algo que nunca se les reprocha a los hombres sin descendencia.

Es tan difícil escapar a este mandato de desear hijos que algunas mujeres ceden a él, reprimiendo inconscientemente su profundo deseo y llevando así una vida de insatisfacción e incluso de sufrimiento.

ROMPER EL TABÚ DE LA VEJEZ PARA LAS MUJERES

La caza de brujas también ha inculcado una imagen muy negativa de la anciana en la mente de la gente. Esta visión se manifiesta en la repugnancia que inspira el pelo blanco de las mujeres y el hecho de que se suponga que una mujer envejece "menos bien que un hombre". También es visible en la negación de la sexualidad femenina a partir de cierta edad.

> *"La sexualidad de las mujeres mayores era especialmente temida en aquella época. Como ya no tenían derecho legítimo a la vida sexual, como ya no podían tener hijos y a veces enviudaban, pero tenían experiencia y seguían siendo deseables, se las consideraba figuras inmorales y peligrosas para el orden social"* (p.166).

Muchas autoras han dado testimonio de la dificultad de ser una mujer mayor en la sociedad contemporánea, de la que no son consideradas un miembro de pleno derecho. Si un hombre envejece, no es un problema, al contrario, gana en madurez, experiencia, incluso encanto. Deja que una mujer envejezca y perderá su atractivo. El hecho de que ella también pueda ganar en experiencia se vuelve en su contra, porque lo que se valora en una mujer no es nunca su poder ni su independencia, sino, por el contrario, su belleza y su fragilidad, que una pareja masculina puede proteger.

Una mujer mayor que está segura de sus deseos suele considerarse una "arpía".

EL FEMINISMO COMO NUEVA RELACIÓN CON EL MUNDO

Por último, Mona Chollet subraya que la sospecha de brujería se ha dirigido en gran medida a las "curanderas" y a otras mujeres que utilizaban la naturaleza para curar a sus semejantes. En cuanto el hombre quiso utilizar su "racionalidad" para esclavizar a la naturaleza según sus necesidades, cualquier mujer cuya relación con el mundo no se basara en la explotación de sus riquezas se convirtió en una bruja. "El resultado fue una ciencia arrogante, alimentada por el desprecio a lo femenino, asociada a lo irracional, a lo sentimental, a lo histérico, a una naturaleza que había que dominar" (p. 37).

Esta posición masculina conduce también a una inseguridad intelectual de las mujeres, a las que siempre se remite a los ámbitos de la emoción, la sensibilidad e incluso el simple afecto.

El sector médico también ha sufrido el predominio masculino, lo que ha dado lugar a algunos malos tratos, especialmente a las pacientes ginecológicas, de las que siempre se sospecha que "se inventan historias, exageran, son ignorantes, emocionales e irracionales" (p. 202). De hecho, Mona Chollet concluye su texto con una larga lista de la violencia infligida a las mujeres por la medicina.

ILUMINACIÓN

El libro de Mona Chollet se propone demostrar que los criterios que se utilizaban, entre los siglos XV y XVII, para hacer de una mujer una bruja que debía ser quemada, siguen vivos hoy en día. Al estudiar las fuerzas reaccionarias que actuaban hace cinco siglos, pone de relieve las que actúan hoy, estimulando así la lucha feminista en curso y por venir. "Temblad, vuelven las brujas", decía un eslogan feminista de los años setenta. Esto es también lo que parece gritar Mona Chollet en su ensayo.

La autora comienza por considerar la caza de brujas como una manifestación de misoginia, explicando que entre los siglos XV y XVII se encendieron en Europa miles de piras para destruir a quienes eran consideradas brujas. Según las estadísticas, el 80% de las víctimas eran mujeres, especialmente ancianas. Y aunque algunos hombres fueron acusados de brujería, la gran mayoría eran mujeres que fueron procesadas y sometidas a tormentos inhumanos, siendo las únicas razones que vivían separadas, no daban a luz o no asistían a la iglesia. La misoginia era, por tanto, la razón principal de estas atroces persecuciones.

Y, en efecto, el odio a las mujeres ha hecho estragos durante siglos en Europa, preparando con éxito la caza de brujas que se desató durante el Renacimiento. La religión, la ciencia y la justicia se combinan para hacer de la mujer un demonio que hay que destruir. Asimilando el cuerpo de las mujeres a una tentación, o incluso a un peligro para los hombres, los sacerdotes y los médicos señalaron el camino hacia la hoguera.

Las artes no se quedan atrás en este periodo, en el que hay numerosos ejemplos, sobre todo en la poesía barroca, de detestación por las mujeres, y en particular por las ancianas, a menudo vistas como demonios. En su poema *Contre Denise sorcière*, Pierre Ronsard dirige una larga letanía de insultos a una anciana sospechosa de brujería (y azotada desnuda).

Por tanto, todos los poderes convergen para explicar que las mujeres son malas.

Al documentar la historia de estas "cazas de brujas", Mona Chollet muestra hasta qué punto los hombres intentaban cortar "cualquier cabeza femenina que sobresaliera" (p. 17), para aniquilar cualquier tentación de independencia. De hecho, se teme a las mujeres en cuanto no son sumisas a sus maridos, en cuanto no sacrifican su vida por sus hijos.

Quien no responda a estos mandatos es sospechoso, dicen los hombres. Quien no responde a estos mandatos es una feminista, responde Mona Chollet. De hecho, aunque la pena de muerte ya no sea un problema, la estigmatización y la violencia contra las mujeres siguen existiendo y son éstas las que la autora desea denunciar en este ensayo, que se sitúa en el centro del pensamiento feminista. La autora traza varios retratos de mujeres que, no subordinadas a un hombre, viven de forma autónoma, lejos de las normas impuestas a su sexo. Brujas tal vez, feministas sin duda.

La primera feminista que se interesó por la historia de las brujas y que reivindicó el nombre fue Matilda Joslyn Gage. Esta estadounidense -nacida en 1826 y fallecida en 1898- hizo campaña por el derecho de voto de las mujeres, continuando así la línea de las "brujas" que eran, ni más ni menos, mujeres independientes que deseaban su plena autonomía y luchaban por conseguirla. Fue Matilda Joslyn Gage quien escribió en *Women, Church and State*: "Cuando en lugar de 'brujas' se elige leer 'mujeres', se comprende mejor las crueldades infligidas por la Iglesia a esta porción de la humanidad".

Mona Chollet señala, sin embargo, que las feministas contemporáneas parecen reivindicarse como "brujas" más que sus predecesoras. En efecto, ha llevado tiempo deshacerse de las "imágenes negativas [que] siguen produciendo, en el mejor de los casos, censura o autocensura, impedimentos; en el peor, hostilidad, incluso violencia" (p. 34).

Si esto comenzó en los años setenta, en particular con la creación de la revista *Sorcières*, es hoy cuando el movimiento feminista se ha apoderado especialmente de este término, convirtiendo a la bruja en un verdadero icono. De hecho, no hay una sola manifestación feminista sin su pancarta: "Somos las nietas de las brujas que no quemasteis", ni un solo artículo sin referencia a este personaje. Así, las mujeres parecen encontrar en la bruja la fuerza suficiente para asumir su propia identidad, porque, como dijo la feminista Thérèse Clerc en 2009: "Ser bruja es ser subversiva de la ley". Significa inventar *la otra ley* (p. 171).

En su ensayo *Las brujas*, Mona Chollet explica cómo la bruja -eterna víctima del orden moral masculino- se ha convertido en icono del feminismo, que participa también de este movimiento. Con este libro, se ha convertido en una de las feministas/brujas más leídas de Francia.

CLAVES DE LECTURA

FIGURAS DE LA BRUJA

La mujer soltera

La mayoría de las mujeres quemadas como brujas eran solteras, porque tenían miedo de estas mujeres cuyo poder no les era otorgado por un hombre de su entorno. Una bruja no se define por su marido o sus hijos. En los tiempos modernos, este poder autónomo sigue siendo aterrador. Intentan volver este miedo contra las propias mujeres, inculcándoles desde muy jóvenes que evitar el matrimonio es condenarse a vivir solas en la tristeza. La autonomía no es la ausencia de ataduras, sino la posibilidad de elegir las que uno quiere.

Gloria Steinem, el monstruo sagrado del feminismo, es la más bella ilustración de la mujer independiente, que llevó una vida plena por su cuenta a través de la escritura, los viajes, el amor, el activismo, etc. No renunció a nada. Fue cuando *Newsweek* escribió sobre ella en 1973 que era "posible ser soltera y entera al mismo tiempo" (p. 45). Esta feminista también cofundó la revista mensual *Ms. Magazine*, que utiliza el título Ms. en su cabecera, un invento de 1961 que lleva la marca del estado civil de la persona que designa. En Francia, habrá que esperar al siglo XXI para cuestionar la anticuada (y reaccionaria) "mademoiselle"...

La mujer sin hijos

Entre las mujeres que ardieron en la hoguera durante el Renacimiento había muchas curanderas que impedían o interrumpían los embarazos. De la acusación de hacer morir a los niños a la de no quererlos, sólo hay un paso, pues, "quienes rechazan la maternidad se enfrentan también al prejuicio de que odian a los niños, como brujas que devoran pequeños cuerpos asados durante el Sabbat o lanzan un hechizo fatal al hijo del vecino" (p.Ó110). Mona Chollet cuestiona aquí la relación de la sociedad con la natalidad y el oprobio que se arroja sobre quienes no desean tener hijos.

Sin embargo, señala la autora, no tener hijos puede ofrecer a la mujer que toma esta decisión una vida plena y llena de otras posibilidades al "parirse a sí misma, en lugar de transmitir vida; inventar una identidad femenina que prescinda de la maternidad" (p.85).

Las mujeres que no quieren tener hijos son un peligro para la sociedad, ya que se liberan de los mandatos que pesan sobre las mujeres. Rompen el cerrojo reproductivo, afirmando con su sola existencia que "otra vida como mujer es posible".

Para ilustrar esta elección de vida, Mona Chollet se pone a sí misma como ejemplo: "En mi lógica, no pasar de la vida permite disfrutarla plenamente. […] Esta actitud me convierte en una vergonzosa casi excepción en la sociedad en la que vivo. En Francia, sólo el 4,3% de las mujeres y el 6,3% de los hombres dicen que no quieren tener hijos" (p.96). Por supuesto, un hombre que no llega a ser padre no pone en peligro la sociedad que contribuye a formar.

Luego, el ensayista va más allá y evoca lo que debe permanecer en secreto, lo que parece ser la transgresión más grave, lo que convierte a una mujer en un monstruo aún más que el resto: el arrepentimiento de algunas mujeres de haber tenido hijos.

La anciana

¿Qué aspecto tiene la bruja en nuestra imaginación? Tiene el pelo largo y gris, cejas pobladas, una verruga en la nariz y se alimenta de princesas jóvenes, frescas y hermosas. En una palabra, la bruja es vieja.

Y nuestra sociedad, que lleva al extremo el culto a la juventud, lo ha entendido. A las mujeres les corresponde aceptar "este absurdo desafío: fingir que el tiempo no pasa, y así parecerse a lo que nuestra sociedad considera la única forma aceptable para una mujer de más de treinta años: una joven embalsamada viva" (p.147).

Y ay de los demás, como demuestran, por ejemplo, la incomprensión y el rechazo a los que se dejan el pelo blanco, experiencia que relata Sophie Fontanel en *Une apparition*. Una vez más, el homólogo masculino no existe. ¿Quién podría pensar que el pelo canoso de George Clooney está fuera de lugar? Porque el pelo que se vuelve blanco es un reflejo de la experiencia, valorado en los hombres, pero amenazante en las mujeres.

Además, mientras la experiencia de las mujeres mayores es aterradora, su sexualidad es totalmente negada. Mona Chollet ilustra su punto de vista citando varias películas que, simplemente por resaltar la sexualidad de las mujeres mayores de 50 años, parecen transgresoras: *Une femme libre, Aurore, L'Art de vieillir...*

BRUJAS, UNA VOZ PARA EL EMPODERAMIENTO

> *El empoderamiento es un* concepto que hace referencia a la capacidad de actuar que proporcionan la autoestima y el compromiso colectivo.

Desde el mismo título de su libro: *Sorcières, la puissance invaincue des femmes (Brujas, el poder inconquistable de las mujeres)*, Mona Chollet pone de relieve la cuestión del poder. De hecho, su texto pretende claramente pintar un retrato de las brujas modernas, es decir, mujeres que se realizan a sí mismas y no a través de otros, especialmente no a través de los hombres. La figura de la bruja pasa de ser una marginada a una luchadora. Ella es la que habla, la que retoma el control de su cuerpo, de su vida.

Al reapropiarse de la figura de la bruja, la autora invita a las mujeres a pasar de objeto a sujeto, dándoles la fuerza que ella misma extrajo de las poderosas mujeres que la precedieron.

"Mido la importancia galvanizadora de la identificación de modelos", leemos en la página 39. Gloria Steinheim, Sophie Fontanel, Pam Houston, Corinne Maier, Barbara MacDonald, Thérèse Clerc... tantas figuras fuertes, tantas formas de vivir en armonía con uno mismo, tantos caminos abiertos y posibilidades ofrecidas a las mujeres que vienen. Para cada bruja es "un ideal al que aspirar, ella muestra el camino" (p. 11), el de una mujer que puede ostentar un poder adicional.

Al hablar en primera persona en este ensayo y referirse en numerosas ocasiones a su vida personal -como "bruja", Mona Chollet no quiere tener hijos, como "bruja", Mona Chollet tiene el pelo blanco-, la autora se convierte a su vez en una figura con la que identificarse, una fuente de la que sacar fuerzas.

Y, además, Mona Chollet se ha convertido con *Sorcières. La puissance invaincue des femmes* en la feminista francesa más leída. Su ensayo, publicado en 2018, ha acompañado además la tercera ola feminista y la liberación del discurso de las mujeres que estalló con el movimiento #metoo.

En efecto, lejos de limitarse a consejos de magia y desarrollo personal, a los que algunos querrían reducir la figura de la bruja, la autora aboga por un verdadero *empoderamiento* político. La bruja se convierte en portadora de coraje y voluntad para afirmarse en un mundo de hombres, o incluso para ponerlo "de cabeza", como propone la última parte del texto.

HACIA EL ECOFEMINISMO

 ## ECOFEMINISMO

El término fue utilizado por primera vez por la escritora feminista Françoise d'Eaubonne en su libro *Feminismo o muerte*, publicado en 1974. Este neologismo pone de relieve que la destrucción del medio ambiente y la opresión de las mujeres se basan en el mismo sistema de violencia y dominación. En efecto, el capitalismo sólo puede existir explotando los recursos naturales y la mano de obra utilizada para ello.

Aunque es difícil datar las primeras manifestaciones del ecofeminismo, es probable que las pioneras del movimiento fueran las primeras víctimas de este sistema de dominación, a saber, mujeres pobres de color que se levantaron contra lo que estaba destruyendo sus tierras: la sobreindustrialización, la agricultura intensiva y la ganadería. El ecofeminismo es, por tanto, un movimiento transversal.

En Francia, este movimiento volvió al primer plano en 2021 de la mano de la candidata a las primarias de Los Verdes, Sandrine Rousseau, que se definió como ecofeminista y quiso luchar contra el cambio climático y la desigualdad de género al mismo tiempo.

Junto a las mujeres sin marido, las mujeres sin hijos, las ancianas quemadas por brujas, había también muchas curanderas. Mona Chollet explica en su ensayo cómo, en palabras de Guy Bechtel, la "máquina para hacer el hombre nuevo" era también una "máquina para matar a las viejas".

En efecto, con el discurso cartesiano del siglo XVII surge una ciencia arrogante, racional, todopoderosa, que acompaña al espíritu de conquista de los hombres. Fue esta ciencia la que firmó la sentencia de muerte de los curanderos, que a menudo eran más competentes que los médicos oficiales.

La medicina se convierte así en una disciplina masculina, no exenta de misoginia, de la que aún hoy es portadora. "La medicina concentra todavía todos los aspectos de la ciencia nacida en la época de la caza de brujas: el espíritu agresivo de conquista y el odio a las mujeres; la creencia en la omnipotencia de la ciencia y de quienes la practican, pero también en la separación del cuerpo y de la mente, y en una racionalidad fría, desprovista de toda emoción" (p.197).

Y reflexionando más sobre esta domesticación de la naturaleza, Mona Chollet sostiene que se hizo conjuntamente con la esclavización de la mujer, ambas necesarias para el establecimiento del capitalismo.

De hecho, las mujeres y la naturaleza se consideraban peligrosas en su estado natural. Por tanto, era conveniente ponerlos a trabajar explotando sus recursos naturales para los primeros y utilizándolos como mano de obra para los segundos.

La autora cita a Carolyn Merchant, filósofa ecofeminista, quien escribe que: "La bruja, símbolo de la violencia de la naturaleza, desató tormentas, provocó enfermedades, destruyó cosechas, impidió la generación y mató a niños pequeños. La mujer que provocaba el desorden, como la naturaleza caótica, debía ser controlada" (p.191).

Así pues, las ecofeministas quieren reivindicar un cuerpo que ha sido demonizado y utilizado durante siglos. Cercanas a la naturaleza, sin utilizarla como pretexto para imponer un destino o un comportamiento normativo como la maternidad o la heterosexualidad, ¡las ecofeministas parecen ser orgullosas descendientes de las brujas!

IDEAS PARA REFLEXIONAR

ALGUNAS PREGUNTAS PARA PROFUNDIZAR EN SU REFLEXIÓN...

- Mona Chollet publicó en 2021 *Reinventar el amor. Cómo el patriarcado sabotea las relaciones heterosexuales.* ¿Cree que este tema ya estaba presente en *Sorcières*?

- ¿Cree que todas las feministas reivindican el término "bruja"? ¿Cuáles podrían ser las razones para recharzarlo?

- En su ensayo *Sorcières*, Mona Chollet vincula feminismo y ecología. ¿Cree que esto es relevante y por qué?

- Si Ronsard dio una mala imagen de la anciana en su poema *Contre Denise sorcière*, ¿conoces otros poemas barrocos que, por el contrario, halaguen a la anciana?

- Mona Chollet afirma en la página 35: "La independencia de las mujeres, incluso cuando es legal y materialmente posible, sigue siendo recibida con escepticismo general. ¿Está de acuerdo con esta afirmación?

- Chloé Delaume publicó *Les Sorcières de la République* en 2016. ¿Son sus brujas las herederas de las que ardieron en la hoguera durante el Renacimiento?

- A lo largo de la historia, el término "caza de brujas" se ha utilizado para otras persecuciones: las de comunistas, homosexuales, etc. ¿Qué características comunes ve entre estas diferentes persecuciones?

- La cultura pop (música, cine, literatura, etc.) está llena de personajes brujos. Nombra las que crees que se ajustan a la definición dada por Mona Chollet en su ensayo.

PARA IR MÁS LEJOS

EDICIÓN DE REFERENCIA

CHOLLET M., *Sorcières. La puissance invaincue des femmes*, París, Zones, La Découverte, 2018.

ESTUDIOS DE REFERENCIA

BECHTEL G., *La Sorcière et l'Occident*, París, Plon, 1997.

D'EUBONNE F., *Le Sexocide des sorcières*, París, L'Esprit frappeur, 1999.

DREURE E., « Mona Chollet, *Sorcières. La puissance invaincue des femmes* », *Cahiers d'histoire. Revue d'histoire critique* [en línea], http://journals.openedition.org/chrhc/10208.

MICHELET J., *La Sorcière*, París, Flammarion, 1966.

¡Su opinión nos interesa!
¡Deje un comentario en la pagina web de su librería en línea,
y comparta sus favoritos en las redes sociales!

Muchas más guías para descubrir tu pasión por la literatura

www.ResumenExpress.com

ISBN ebook: 9782808687294
ISBN papel: 9782808698696
Depósito legal: D/2023/12603/1149

Cubierta: © Primento
Libro realizado por Primento, el socio digital de los editores